www.tredition.de

AF214862

www.tredition.de

© 2015 Schemm Dieter

Verlag: tredition GmbH, Hamburg

ISBN
Paperback: 978-3-7323-0722-7
Hardcover: 978-3-7323-0723-4
e-Book: 978-3-7323-0724-1

Printed in Germany

Dieter Schemm

Perlenkette

Gedichtband

Träume

Leise streichelt mich dein roter Mund
und die Seele fliegt;
wie ein Schmetterling im Regenbogenland,
bis es nichts mehr gibt, was jetzt noch krampft!

Und die Augen werden offen wie ein Buch,
in dem dann alles steht, was wichtig ist;
Blicke legen das Begehren als Gesuch,
wo die Sehnsucht ihre Taten sucht!

Und ein Engel schaut durchs Fenster,
sieht die Poesie für zwei;
golden klingen Harfen,
Schokoladenzeit!

Wo dann irgendwann das Glück
mit der Sinnlichkeit gewinnt;
dort erfahren wir dann mit Geschick,
dass die Leidenschaft uns prägt!

Denn die Liebe und das Leben
wollen immer wieder neu erfahren werden;
können sie uns alles geben,
eben jene Dinge,
die man nicht für alles Geld der Welt bezahlen kann!

Vom Leben

Ein Baby wird geboren,
die Unschuld gibt dem Kind,
naiv und unverbraucht,
das Glück des Augenblicks!

Das Neue ist zur Stelle
und macht die Welt um sich ganz leise;
so hilflos und so klein,
in dem Gefühl noch fein!

Und ungeschönt wird der Moment
zu einen Blumenstrauß der Kleinigkeiten;
so himmlisch und so leicht
wie feiner Blütenstaub!

Schert sich noch nicht und schreit,
strampelt unverkrampft und heftig,
bis es dann denkt:
„Hier bin ich, ich bin ich,
was gibt es da zu sehen?"

Als Zeugnis oftmals zuckersüß,
ein Ereignis der besonderen Art;
bleibt nur die Frage von der Geschichte,
was ist, was wird, was bleibt.

Ein Weg

Der Morgen, der ist Zukunft,
was einmal war, das holt uns ein;
vielleicht dieser Tag,
so kalt und auch so dunkel,
so staubig und so eng!

Vielleicht verflucht man diesen Tag,
so wie ein Labyrinth,
wo viele Schatten sind,
sowie ein kalter Wind!

Erinnert dieser Gang vielleicht an eine offene Streichholzschachtel,
vom Sonnenstrahl vergessen,
von Kleinigkeiten eingeholt;
mehr Wahnsinn als Erfüllung,
bis man sich fragt:
„Wo ist das Ende, wo der Anfang?"

Und wird es uns dann ganz kalt und klamm,
friert oftmals auch die Seele;
an diesem Tag,
wo man nur denkt,
warum,
ist dieses Bild beengt!

Die Wand, die einmal war

Die Wand
aus Fragen, Trauer und aus Sehnsucht;
warum denn nur?

Da gibt es doch
den Weg,
die Liebe, das Glück und auch den Mut;
das muss so sein und wird so bleiben!

Doch bis dahin
bleibt vielleicht nur das Stoßgebet;
ein Flehen durch und durch,
bis hin zu einem Sonnenstrahl am Horizont.

Der irgendwann
dann Raum und Zeit eröffnet;
ganz leise, still und heimlich,
lautlos; für Menschen, die es fühlen.

Und so entsteht beim Tun und auch beim Handeln
die Tür in eine andere Welt;
in eine Welt,
die man erleben sollte!

Im Park

Der Regen streift die Blume neben einer Bank,
das halbwegs Trockene zeigt sich unterm Baum;
die Nässe gibt sich trotzdem ganz,
Schirmkrone hilft ein bisschen;
wie gut!

Von Blättern tausendfach,
mit Freude im Gesicht;
bringt dieser Unterstand im Regenwetter
begrenzte Zeit;
was nun?

Der Baum als guter Freund,
ganz ohne Regenschirm;
ist einfach da,
als Glück im Unglück;
das hat man nun davon!

Als Möglichkeit der Wahl,
ganz ohne Regenkleidung;
gebunden, ohne völlig nass zu werden,
auf einer Bank für jeden!

Im Angesicht der Zeit

Das Handy gibt,
das Handy lebt uns;
das Internet ist schon weit fortgeschritten,
das Internet hat uns schon längst den Kopf verdreht!

iPhone und Co. begehrt,
iPhone und Co. sind vielleicht eine Verkettung unglücklicher Umstände
und die Grundlage der Menschen wird hier mit Füßen getreten;
die jene Erde, auf der wir leben, wahrscheinlich überlebt;
denn die eigentliche Katastrophe ist die Körpersprache der Seele,
die man bewusst vergisst!

Das SMS strebt,
das SMS hat uns schon längst durchschaut,
denn die Globalisierung ist schon viel zu weit fortgeschritten
und ist nicht mehr aufzuhalten;
dieses und das alles zusammen hat viele schon zu Verlierern gemacht!

Einsamkeit

Immer wenn der Abend kommt,
kommt die Einsamkeit;
immer wenn die Nacht anbricht,
schick ich ein Gebet.

Küsse meine eigene Sehnsucht wach
und umarme mich dann selbst;
dann vergrabe ich meinen eigenen Schmerz
und träume den verlorenen Traum.

Dann macht meine Trauer alle Bilder grau,
unbemerkt in Raum und Zeit;
bis es kommt, wie es nur kommen muss,
es zerbricht der Augenblick,
ungesagt und ungehört;
bis es nichts mehr gibt, was dann noch bleibt,
außer Einsamkeit.

Arm auf dieser Welt ist der,
der keine Träume mehr hat!

Die Gletscherwand

Wie eine Spinne
verziert sie die Wand;
klebt in der Rinne
und reicht mir die Hand!

Umrahmt von den Felsen
streichelt sie mich;
ohne zu lesen
fordert sie mich!

Der Reiz des Bequemen
liegt mir so fern;
Grenzen zu nehmen
mag ich so gern!

So kitzelt sie mich grundlos
wie eine sinnliche Frau;
der Wille stellt frei
der Atem tief blau!

Die Besteigung gibt Tiefe
das Herz wird leer;
die Seele in mir schreibt Briefe
und es zeigt sich mir sehr!

Denn im Hochgebirge bin ich zuhause
weil ich es mit Herzen dann tue;
in den Bergen der Welt
steckt meine Sehnsucht, der Mut!

Die Zeit

Die Zeit nimmt und die Zeit gibt,
sie bleibt wohl zeitlos,
hat ihren eigenen Rhythmus,
wo jeder frei entscheiden kann.

So bleibt die Zeit ein großes Fragezeichen;
plant nicht mit uns,
wenn wir nicht zu Gefühlen stehen,
wenn wir nicht tun und handeln;
denn selbst vor mehr als tausenden von Jahren
waren jeder Tag und jede Nacht
genauso lang und auch genauso kurz!

Die Zeit kennt keine Hektik
und mancher lässt in diesem Punkt nicht mit sich reden;
bis irgendwann das Jetzt und Hier ganz einfach explodiert
und trotzdem heißt es dann noch immer:
noch mehr, noch schneller und noch höher!

Die Zeit kann man nicht drängen,
noch nicht einmal verschließen,
und mancher wird selbst nach dem ersten Herzinfarkt nicht schlau;
denn jede Zeit bleibt eine Chance,
bleibt eine Chance des eigenen Lebens!

Das Schicksal holt und das Schicksal stellt
und jeder Mensch hat lebenslang die Möglichkeit;
Zeit seines Lebens hat der Mensch wohl Zeit,
die Zeit, wer hat sie je gesehen?

Bahnhofsmission

In der Stadt,
direkt am Hauptbahnhof;
zwischen den Alltäglichkeiten
und den tausend Möglichkeiten des Moments;
wenn alles immer weiter gehen muss,
ohne Raum und Zeit zu verlassen;
um der Oase des Augenblicks die kalte Schulter zu zeigen,
zwischen den Extremen,
zwischen den Gegensätzen!

Denn auf dem Gleis
geht der Zauber der Entrümpelung und der Langsamkeit,
wenn alles seinen Lauf nimmt,
irgendwie und irgendwo verloren;
denn wie oft sind die Augenblicke -
das Salz in der Suppe des Menschen,
ohne sich dessen bewusst zu werden,
im Seelenbahnhof,
auf dem eingeschlagenen Weg zu einer warmen Suppe!

Die Nacht verliert sich an den Tag

Irgendwo in tiefster Nacht,
eben dann, wenn der Mensch normalerweise schläft;
hier kennt der Schlaf kein Ich und auch kein Du;
hier gibt er sich so willenlos in Raum und Zeit!

Die Nacht hat hier noch ein Gewicht
und jeder Traum wird zur Geschichte in der Nacht;
doch irgendwie bricht irgendwann ein Licht
und irgendwas erwacht!

Die Augen öffnet man dann ohne einen Grund,
warum kann keiner sicher sagen;
Momente, die nicht wieder kommen,
der Augenblick in einer unverfälschten Form!

Dem Ich kann keiner dann entgehen,
die Wirklichkeit ist unausweichlich;
vielleicht sagt nun das Herz:
Und auch die Seele zählt;
das Wunder Mensch!

Doch diese Welt ist auf der Flucht vor sich,
im Allgemeinen und im Besonderen;
so werden die Achtung und die Achtsamkeit
verloren, vergessen und getreten!

Denn jede Sehnsucht ist ein Bild,
wo Rosen auch mal Dornen haben;
doch wer das wagt, der kann gewinnen,
den Glücksstern samt dem Hauptgewinn!

Lebensstiche

Manchmal gibt es Tage,
da ist ein jeder Schritt wie eine Prüfung;
da stechen tausend Nadelstiche
ins Herz hinein und findet keine Ruh!

Und auch das Hamsterrad des Alltags,
hindert selbst die Schlange nicht am Biss;
dabei entstehen Rosenperlen unterhalb des Vollmonds,
denn die Gefühle sind ein Muster aller Menschlichkeit!

Die Seele fühlt sich dann als Staubkorn ohne Namen,
der Glaube liegt verschüttet und verarmt;
die Trauben scheinen dort so unerreichbar hoch;
dazu kommt eine Angst, die immer wieder ihre Wunden gräbt!

Und mit der Trauer dieser tausend Tränen,
flieht selbst die Hoffnung in eine andre Welt;
was bleibt ist Leere,
vielleicht sogar ein Amboss, der in Glieder schiebt!

Und so wird aus der Mücke dann ein Elefant
und vieles scheint in Asche und in Schutt;
vielleicht kommt es zum Seufzen im Skelett,
verhungert und verdurstet in der Einsamkeit,
an diesen Tagen!

Doch alles wird anders, alles wird gut,
man muss nur daran glauben, man darf es auch tun!

Frage und Antwort

Sehnsucht heißt behalten,
es zu wissen ist erfahren;
glauben, das heißt hoffen,
nur zu denken, nichts verändern!

Zu wollen heißt ein Ziel,
gehen ist vertrauen;
die Frage und die Antwort,
beide heben sich
gegenseitig auf!

Der Tag

Als weltumspannende Einmaligkeit,
den es gibt,
als Verschmelzung von Freud und Leid,
als Intensität;
der sich gibt,
wie er ist!

Der Name meines Lebens

Dieter,
mehr als ein Wort;
ist die Persönlichkeit mit sehr viel Sinn,
ich glaube auch, der Name passt mir ganz vorzüglich;
ist wie ein Spiegelbild von meiner Seele,
dazu ist vieles darin und so beweglich!
das **Die**
ist durch und durch sehr weiblich;
ist eine tiefe Ader,
das ist der eine Teil,
ist als Gefühl so wichtig für mein Leben!
das **er**
ist durch und durch sehr männlich;
der andere Teil;
in meiner Außenwelt,
um hier ganz einfach Ziele zu erreichen!
Doch wäre alles nichts
ohne dieses **t**;
der Glaube, der in mir gegeben,
mein Weg, der für mich einzigartig ist;
auch irgendwo die Brücke,
um meinen Weg zu gehen!

Der Arien-Sänger (1)

Am erfrischenden Morgen eines unwiederbringlichen Tages
und im Angesicht von Anmut und Grazie;
in Anbetracht von leeren Staatssäckeln
und in der Hoffnung auf eine schmackhafte Wurst!

Irgendwo am Anfang von romantischen Straßen
und schräg gegenüber in den Gassen der Zeit;
vor großartigen schwarzen Gewitterwolken
und neben einem unverbrauchten und unbezahlbaren Kinderlachen!

Beim Hinterfragen seiner eigenen Gedanken
lockt ihn am Mittag das teuerste Eck;
dort in die Vergangenheit, die einmal war,
und in die Gegenwart, die noch nicht ist!

Doch irgendwann mitten im Jetzt und im Hier,
nahe am Menschengewirr des aufregenden Platzes,
tief im Abendrot der Stadt mit Neugier im Gesicht
wird aus der Asche in ihm eine Glut;
und dann denkt er und hofft er und sagt zu sich selbst:
„Hauptsache, ich singe,
Hauptsache, ich gebe nicht auf!"

Und so ertönt erneut seine Arie voll Leidenschaft,
er schmettert wie ein Krieger das Lied;
rutscht dann auch noch aus und
klatscht auf das tropfnasse Pflaster,
auch wenn er hofft, dass keiner es sieht!

Der Arien-Sänger (2)

Doch eine Stimme schluckt dann seine Stille,
die Gedanken verwirren kurzfristig den Kopf;
dann hilft ihm auch noch ein Blick zu den Sternen,
quasi eine Botschaft des Himmels!

Dabei entsteht ein ganzer Roman von Gefühlen,
mit einem stetigen Auf und Ab in seiner Seele,
und ein Blick wie ein Film,
wo der Traum sich auf die Suche begibt!

Sein Wollen wird zu einem Gebet,
ganz andächtig und leise;
bis schließlich die Lippen Wege vernetzen,
wortlos und fein;
die Muse ihn küsst und die Seele entrückt;
denn der Glaube steigt weise wie die Sonne am Morgen
und schürt wärmende Feuer und zieht ausufernde Kreise!

Und der Arien-Sänger schenkt dann erneut,
irgendwo zwischen Anfang und Ende seiner Geschichte,
viel wertvoller als Geld,
dankbar mit Herz,
seiner Liebsten und allen, die ihn sehen und hören,
die zarteste Offenbarung, seit es Schmetterlinge im Bauch gibt!

Ohne eine genaue Adresse

Es gibt noch Wunder auf der Welt,
wo mancher vielleicht denkt, sie seien schon ausgestorben;
doch immer wieder gibt es Menschen,
die sich ein Wunder für ihr Leben selbst bestellen;
auch ich, ich schickte mal ein Stoßgebet in den Himmel
und fragte dann nicht weiter nach;
bis es sich dann fügte, ein kleines, aber feines Wunder
und mich der Augenblick
zu sich nach Hause, ins Jetzt und Hier einlud!

Geschehenes unbekannt,
so trifft man sich mal wieder!

Das Stichwort, das heißt heute Reizüberflutung,
denn es versorgt uns jeden Tag mit tausenden von Bildern;
dabei wirkt manches ziemlich unnahbar und wiederum so echt,
sodass vielleicht alleine nur der zweite Blick ins Blickfeld rückt;
dazu der Glaube an ein Licht, dort, wo nur Leere scheint,
denn wesentlich bleiben oftmals nur die Liebe und die Hoffnung;
denn was ist heutzutage überhaupt noch richtig
und was ist eigentlich schon wieder falsch?

Geschehenes unbekannt,
wann trifft man sich mal wieder?

Wird man den Sinn des Lebens jemals ganz verstehen,
und selbst allwissend kann und wird wohl niemand sein;
was aber immer bleibt, ist Asche und ist Glut,
der aufgesetzte und dann aufgedrängte Weg
und selbst bestimmte und der tief im Herzen gefühlte Traum,
und immer nur das Jetzt und Hier und der Moment,
der sich im Grunde -
dir ganz allein verschrieben hat!

Auto und Mensch

Gegensätze ziehen sich an,
so sagt man zumindest;
hier in einer etwas anderen,
dichterischen Form!

Das Auto fährt nicht nur mit Sprit,
dem Menschen tun gut Bewusstsein, Achtsamkeit und Liebe;
beim Auto gibt es verschiedene Fabrikate,
der Mensch bleibt immer mehr als nur ein Original;
der Automarkt kennt nicht nur Volvo, Opel, Ford und BMW,
in jedem Menschen steckt doch so viel mehr;
die Autofahrt kann tödlich enden,
am Menschen nagt der Zahn der Zeit;
das Auto wird vermutlich irgendwann verschrottet,
der Mensch, er ist verletzlich in der Seele und am Körper;
beim Auto ist der erste Eindruck mit entscheidend,
doch erst der Mensch macht Träume wahr;
das Auto kann man auf die Seite stellen, den Menschen auch;
das Auto braucht ja immer einen Lenker,
der Mensch, er kann sich selbst erfahren;
ein Auto kann man kaufen, der Mensch er lässt sich kaufen;
beim Auto sind mit Phantasie die Lichter dann die Augen,
die Fensterscheiben sind die Ohren;
das Auto hat ein Steuer, beim Menschen ist es das Tun, das Handeln;
die Karosserie ist wie die Außenhaut ganz ohne Leben,
der Mensch hat Herz und Seele, Gott sei Dank;
das Auto ist vom Menschen geschaffen,
der Augenblick und der Moment sind wie ein Pfand;
das nicht mehr wiederkommt;
das Auto kann man reparieren,
der Mensch sich irgendwo und irgendwie selbst helfen;
das Auto ist ein Sammelsurium von Teilen, der Mensch ein Phänomen;
das Auto ist wohl durch ein anderes zu ersetzen,
der Mensch ist viel zu wertvoll, nicht ersetzbar;
das Auto, ein Gebrauchsobjekt, mehr nicht,
der Mensch, ein Wunder der Natur!

Warum nicht

Sei doch mal ein Stern am Horizont,
sei ein Leuchtturm, selbst im Sturm,
gehe Wege, die dir Glück bescheren,
lass die Welt doch deinen Atem spüren,
lass die Sonne immer wieder scheinen,
und lebe dich nun völlig aus!

Klau dir mal den ganzen Tag
und gib der Welt ein Rätsel auf!

Entdecke deine Wirklichkeit von deiner schönsten Seite,
denn das Leben ist viel mehr als nur ein Wort,
blühe auf mit deinen schönsten Träumen,
lass die Liebe Poesie erleben,
lass die fünf mal gerade sein
und lass der Freiheit Flügel wachsen!

Klau dir mal den ganzen Tag
und gib der Welt ein Rätsel auf!

Nimm den Tag und fange damit an,
tue es jetzt und hör nicht wieder damit auf,
denn die Welt hat dich verdient!

Im jungen Rom

Im ewig jungen Rom
dehnt sich die Liebe;
die Geschöpfe besorgen die entsprechende Tiefe,
die Verführung kleidet sich auf den sieben Hügeln mit Mut;
behütet unter dem runden Horizont der Nacht!

Die Farbe verliert sich bis auf Weiteres in Rot,
solche Momente ziehen sich dann aber bis ins Unendliche;
bis dann, besonders am Abend, die Blicke
die Körper neu vermessen!

Die Eroberung schmeckt einfach nur süß,
Höhen und Tiefen führen ins Paradies;
die Freiheit inspiriert die unentschlossenen Seelen
und die Wärme küsst die südliche Atmosphäre;
die Sehnsucht des Lächelns wird irgendwann ewig,
denn das einfältige Kleeblatt der Unschuld
singt von Liebe und nochmals Liebe!

Die Berührung baut auf,
das Empfinden öffnet Türen und Tore;
den Geheimnissen wird vertraut
und das Sinnliche entstaubt!

Von Witzen

In Witzen gehen seltsame Dinge vor!

Die Nacktheit geht hinter den Vorhang
und erhöht die Neugierde;
aber die Lüge sackt weg
wie der Boden unter dem Erdbeben!

Die Gedanken verfolgen sich
und suchen nach einer Lösung;
aber der Verstand verirrt sich
und setzt sich auf einen Doktorhut!

Die Lachfalten gehen unter
und erweichen die Gesichtsmuskeln;
aber der Wahnsinn tritt zurück
und manches bleibt aus!

Der Scharfsinn geht ab
und besetzt das einfach,
wenn die Entspannung mehr wird
und der Kampf weniger!

Gedanken des Tages

Die größte Fessel der Menschheit
ist die Einsamkeit;
der größte Irrtum
ist der Glaube, zu müssen,
und hilfreich für den Tag
ist ein gutes Gefühl!

Wenn der Tag nicht verginge,
gäbe es keine Nacht,
und wenn die Nacht ewig wäre,
gäbe es keinen Morgen,
wir Menschen würden es gar nicht ertragen,
die Geburt bis hin zum Tod!

Du sollst gar nimmer werden,
denn es macht doch einfach keinen Sinn;
dir selbst dein größter Feind zu werden,
dir selbst den Boden wegzuziehen!

Auf dem Fest

Es strahlt
und regt;
es kommt
und dringt;
es eröffnet der Zauber
einer spielerischen, leichten,
durch und durch zärtlichen Lachfalte
eine andere Welt;
mit der Leichtigkeit des Seins,
Türen und Fenster,
die jene Seelen neu ordnen;
sodass polternd,
etwas holprig,
fast stolpernd
und letztendlich froh
das Glück des Augenblicks
eine neue Chance bekommt!

Liebe ist

Tiefe Liebe, die ist sinnlich und gefährlich,
tiefe Liebe malt uns tausend Bilder ins Gesicht!

Echte Liebe ist nicht immer sorgenfrei,
aber echte Liebe, die hat sehr viel Zeit!

Treue Liebe, die ist mit der Ewigkeit verbunden,
treue Liebe dringt mitunter meilenweit!

Jede Liebe heißt doch immer wieder geben und auch nehmen,
eine Liebe kann viel mehr als tausend Sträuße binden!

Große Liebe baut auf Reichtum von Gefühlen,
große Liebe braucht nicht materielle Dinge und kein Geld!

Eine Liebe kann das Leben eines Menschen ändern,
eine Liebe gibt es auf der ganzen Welt verstreut!

Mutterliebe wird wohl niemals enden,
Mutterliebe tut auch noch nach Jahren senden!

Verträumte Liebe legt sich zärtlich zwischen Raum und Zeit,
verträumte Liebe gleicht dem Spiel mit einem Feuer!

Liebe ist das Brot des Lebens,
Liebe bleibt die Tiefe aller Herzen!

Verhängnisse

Humor im Leben tut so gut,
auch beim Kampf um Rückkehr zum Konsens;
denn der Promillewert ist bayernweit bei 0,01,
fabelhafter langer Samstag ohne Führerschein!

Langsam schreitet der Postbote
in die Schalterhalle einer Bank;
setzt sich dort auf einen Lehnstuhl,
wo der Schlaf ihn niederdrückt!

Autos stützen mehr als Straßenschilder,
Menschen buchen Stau und Stress;
doch es gibt auch andere Wege
für entspannte Nerven ohne Automarkt!

Und es malten Bilder dann für zwei,
ohne jemals auf den Punkt zu kommen;
Liebe ist dann durchgedrungen
und auf Zahlen wird gesungen!

Ämter regeln alle Klagen
und machen daraus Fragen;
denn Behörden kann man schließlich alles übertragen,
bis zum irgendwann ins nirgendwo!

Wie ich dich liebe

Ich liebe dich so nicht,
ich begehre dich wie die Sonne das Licht;
ich brauche dich so nicht,
ich verschmelze mit dir wie die Leidenschaft im Gedicht;
ich sehe dich so nicht,
ich schenke dir den Stern, der deinen Namen trägt;
ich sehe dich so nicht,
ich fühle aber umso mehr,
dass du meine große Liebe bist!

Sehnsucht

Sanft sucht sich der Mut
tragende Herzschlagbrücken der Zeit,
geschmückt mit Kerzenlicht
und im Verborgenen das schönste Gedicht!

Ruhelose Melodien,
die poetische Strophen komponieren,
werden begleitet von Glockenklang
und die Gänseblümchen riechen nach Honig,
dabei lauschen beide irgendwie dem eignen Gesang!

Denn jeder Himmelsreiter,
der die Vergänglichkeit für den Moment vergisst
und Fleisch und Blut ohne Kompromisse lebt,
vernetzt den Scharfsinn
und ringt in unsagbarer Leidenschaft
nach dem Bild seiner Träume!

Die Poesie

Ist so viel mehr
als nur ein Paradiesvogel,
der vom Schönen ergriffen ist!

Denn hier gleicht die Poesie
dem Märchen von der Sonne und dem Horizont
und Aufzügen tief in der Seele;
denn Sonnenperlen streicheln die Flammen der Kerzen,
ohne auch nur eine Frage zu stellen!

Darum sind es Gebete
der Phantasie und der Unendlichkeit;
gestreift von der Aura des Glücks
und begleitet von der Sanduhr der Zeit;
nicht greifbar für die Außenwelt,
und doch so unendlich nah!

Im Zeichen des Himmels

Ich brauche deine Stimme gar nicht lange zu hören,
dann streichelst du mir alle Sinne wach;
ich brauche deine zärtlichen Gefühle nur zu fühlen,
dann wird mir mehr als warm;
wenn du mir auch nur Augenblicke in die Augen schaust,
dann werden Träume aufgetischt;
wenn deine Pore sich so unverwechselbar an meine Pore schmiegt,
streift sanfte Poesie die Sehnsucht meiner Zellen;
wenn nach ein bisschen Regen die Sonne unserer Liebe rote Rosen malt,
erreicht mich eben dieses wunderbare Glücksgefühl;
denn immer wieder,
ja immer wieder jubilieren meine Küsse Schmetterlinge,
die dir dann mein Gefühl in deine Seele einmassieren;
denn du und immer wieder du,
im Zeichen meiner Liebe!

Leben

Leben wir
die Angst
oder den Mut;
vielleicht vertrauen wir
nur unserem eigenen Zutrauen;
oder ziehen wir
den Deckel der Finsternis über uns,
wo doch unsere Einmaligkeit
das Dasein ausmacht!

Fluss der Dinge

Frei sein wie der Wind,
leben tief im Herzen wie ein Kind;
gib den Wundern eine Chance
und entdecke dann den tief versteckten Sinn!

Nütze jeden Tag und lebe jetzt, als wäre es dein letzter,
Wege, die so einzigartig sind wie du und ich;
denn mit dem bisschen mehr an Herzgefühl
kann jeder nur gewinnen!

Glaube an dich und immer wieder neu an dich,
denn eine Liebe gibt es auch für dich;
rein und klar,
so tief und weit bis hinter deinem schönsten Horizont!

Du und deine Liebe sind Gefühle wert,
denn die Sehnsucht kennt auch deinen Schmerz;
doch vor allem tue und handle,
ehre den Moment und auch den Augenblick!

Mädchen der Sonne

Verborgen wie eine Muschel
lag ihr Antlitz einst unter Verschluss;
sonnendurchflutet
bringt ihr eines Tages der heiße Sand viel mehr!

Eine Körpersprache ganz ohne Bilder,
bei der es keine Worte braucht;
und ein Rauschen der Wellen
wird zu einer Melodie des Glücks!

Dazu streuen Rosen der Sehnsucht
eine Einladung für beide;
und der Himmel klopft einfach nur an,
und irgendwann war es soweit!

Das Wort geht sich nicht aus
und auf ihrer Einbahnstraße der Zärtlichkeit;
geht alles rückwärts,
in Raum und in Zeit!

Wo Seelen lächeln
auf der Spielwiese der Liebe,
entdecken sie sich
voll Anmut und Grazie;
mitten im Paradies!

Ehrlicher Anfang

Man kann immer und überall und ein Leben lang
den Sinn des Daseins und die Stecknadel im Heuhaufen suchen
und doch nur ein Blatt im Wind bleiben!

Man kann wenig vom Leben verlangen
und trotzdem glücklich und zufrieden werden!

Man kann die eigenen Träume sauer werden lassen
oder den Träumen ein eigenes Königreich schenken!

Man kann aber auch mit seinen Gefühlen bewusst umgehen
und wird sich dabei vermutlich nicht selbst verlieren!

Denn alles Zeitliche bleibt mit der Vergänglichkeit verbunden
und selbst das eigene Ich,
das Grundmuster des eigenen Wesens,
lässt sich im Grunde nicht wirklich belügen und hintergehen,
aber immer wieder wird es versucht!

Denn nur wer mit sich selbst im Reinen ist,
ist zu einem wirklichen und ehrlichen Neuanfang fähig!

Gedanken des Tages

An manchen Tagen gibt es tausend Fragen,
die nagen;
und keine Antworten;
nur das Prinzip Hoffnung,
das mehr ist
als weniger!

Oft sind wir selbst Schuld,
was uns passiert;
doch sich dessen bewusst werden,
das geniert!

Oasen des guten Gefühls;
einige kommen unerwartet,
andere schafft man sich,
schön ist es,
sie zu genießen,
und kostenlos ist es,
sie zu leben!

Wie

Wie ein kleines Kind
staunend vor dem Neuen stehen;
wie ein kleines Kind
unbekümmert neue Wege gehen;
wie ein kleines Kind
lachen ohne einen Grund;
wie ein kleines Kind
hinterfragen mit dem eigenen Mund;
wie ein kleines Kind
auch mal Kind sein auf der Welt;
wie ein Gummibärchen ohne Zelt,
ach, das wäre fein!

Unendlichkeit

Der Jüngling kann es nicht lassen,
weil ihn mehr als die Feder im Haar betört;
seine Ex war einmal,
wegen der anderen, nicht wegen der Angst!

Es war nicht einfach,
es war nicht zu umgehen;
es war wie gemalt,
der Frühling seines Lebens!

Denn die Neue ist die Schönste und Beste für ihn,
ein Geschenk des Himmels,
wie er meint
und so will er es versuchen,
mit Herz und Verstand,
einfach hautnah!

Und irgendwann,
er weiß selbst nicht, wie es geschah,
war er wie neu geboren,
erlebt er mit ihr
Tag für Tag!

Verlassen

Vieles, was gut tut,
vergisst man;
vieles, was schlecht tut,
behält man;
es ist oftmals Fügung des Schicksals,
wenn jemand seinen Leuchtturm des Lebens
oder die Liebe woanders gefunden hat;
wenn das Glück nicht mehr Gast ist,
wenn man eine Zeit lang auch mal alleine ist!

Doch ist es dir überhaupt bewusst,
hast du ein feines Gespür,
hast du das Gefühl für deine Gefühle,
ja, hörst du in dich hinein,
kurzum, ist dir bewusst,
wenn du dich selbst verlässt?

Fäden der Welt

Jede Kerze brennt nach oben,
jede Blume sucht das Licht;
jedes Lächeln ist im Grunde ein Geschenk
auf dem Weg zum Sonnenschein!

Jeder Tag, der kommt nicht wieder,
jeder Mensch, der möchte glücklich sein;
jede Zahl hat ihre Lieder
und der Blick, der mehr als tausend Worte sagt!

Jede Sonne strebt nach Leben,
jede Liebe hofft auf ein Gedicht;
jeder kann auch etwas geben
auf dem Weg ins eigene Licht!

Jeder Mensch braucht Zweisamkeit,
jeder Mensch lebt nicht von Geld allein;
jeder Mensch hat ein Geheimnis,
Menschsein auf der Welt!

Jede Sehnsucht hat den Ankerplatz verloren
und den Regen gibt es nur auf Zeit;
jede Jahreszeit hat ihre Reize
und der Mensch schafft sich sein eigenes Kleid!

Dumm gelaufen

Anfangs hat er den Stab in der Hand,
das Publikum auf den Rängen tobt;
auf dem Pult liegt das Blatt
und die Stimme ist okay;
doch dann bleibt keine Zeit mehr
für einen Kopf der Muße,
für die Zeit des Dichters,
denn irgendwie lähmt
trotz Tasten unter der Hand
ein Hexenschuss – wie das?

Wer das wohl ist?

Mit ihrem eigenen Haus macht sie sich auf den Weg,
als Wunder der Gelassenheit;
denn der Moment ist bei ihr wie ein Ratespiel
und doch hat sie ein Ziel,
denn irgendwie schafft sie,
was heutzutage kaum mehr einer lebt,
das Wichtigste,
das Jetzt und Hier!

Es scheint, sie hat noch Spaß dabei
und bei dem Blick auf eine Uhr scheint alles stillzustehen,
denn Eile ist ihr allerlei;
so kann es dann passieren,
dass es sie gibt,
Dummköpfe, die ihre Botschaft übersehen!

Die Muse legt nun das Gedicht,
Zeile für Zeile und Silbe für Silbe;
denn Millimeter sind für sie ein wahres Glück
und auch Geschick;
wie Leben,
sodass es heißt:
Selbst Schnecken gehen ihren Weg!

Achtsamkeit und Bewusstsein!

Irgendwo beim Metzger,
beim Bäcker ums Eck,
im Supermarkt nicht weit von hier,
nicht zu vergessen, im eigenen Haus!

Irgendwie beim Finanzamt,
bei der Arbeit im Allgemeinen,
in der Bank mit den Kontogebühren,
nicht zu vergessen, im eigenen Keller!

Irgendwo in der Stadt,
auf der eigenen Party,
im Kino mit den 3-D-Brillen,
nicht zu vergessen, im eigenen Traum!

Irgendwie in der Summe eines ganzen Tages,
im Kleinen und noch Kleineren,
bei vielen Dingen des Lebens,
nicht zu vergessen, in Zeit und Raum!

Wir lassen die Achtsamkeit und den Moment liegen
und merken es nicht;
wir gehen uns damit nur selbst aus dem Weg,
sehen nicht mal unser eigenes Gesicht!

Danke

Danke
für ein erhaltenes Lachen;
danke
für einen Menschen an meiner Seite;
danke
für die Funktionen meines Körpers;
danke
für das Einfache,
danke
dem Menschen,
der diese Zeilen liest!

Die Träne

Wenn die Träne einmal drückt
und sich irgendwie am Herzen bricht,
geht sie auf die Reise,
sucht nur einen Weg ins eigene Licht!

Wenn so ein Gefühl dann Feuer fängt
und die Seele allzu sehr bedrängt,
ist es mehr als eine klare Sprache,
eine ganz besondere Frage!

Sehnsucht wird die Augen segnen,
will nichts anderes, als die Wurzel allen Übels fassen;
denn ein Flehen küsst ganz sanft und leise alle Perlen dieser Welt
und entrückt in die Unendlichkeit
in das Glück der Seele und der Ewigkeit!

Denn was bleibt, liegt auf der Hand:
nichts, nur das Gefühl der Ehrlichkeit!

Vor mir

Der Berg ist weiß,
der Berg, ein Tag im Hochwinter nach dem Schneefall,
kalt, antarktisch, frostig;
der Berg erinnert an eine blütenweiße Gardine,
an alt-weißes Haar eine Dame,
an eine Sendung im Fernsehen
und an eine große Zehe mit Puderzucker!

Bei dir

So viel tiefer geht meine Liebe jener Sommernacht
und mein Moment erreicht dich tief und klar;
dazu das schönste der Gefühle!

Bis heute stimmen deine Blicke für mich immer noch die schönsten Geigen
und meine Hoffnung wird zu Sonnengold;
auch deine Augen öffnen mir ein Bild in der Unendlichkeit,
wo alle Träumerei ein Paradies erschließt!

Das Jetzt und Hier schiebt lautlos ein Gedicht,
wo alles deinen Namen trägt;
bis schließlich mein Gefühl mit dir in Zärtlichkeit ertrinkt,
beim Abendrot der tausend Träume!

Und die Sekunde legt ein Fundament,
die Zeit hängt am Gedanken fest;
sagt mir von dir,
ich liebe dich,
denn du bist meine offene Wunde!

Raumgestaltung

Wie viele Säulen hat die Gotik,
sind Archive sanft geformt,
sind die Eulen Kitsch in der Romantik,
sind die Rosetten überhaupt zeitgemäß genormt?

Sind die Linien der Antike nur ein Spiel,
werden Rauten und Ellipsen so genannt?
Fenster und auch Türen gibt es viel
und die Kosten für die Wohnung bleiben unbenannt!

Was ist nur die Krönung des Geschmacks,
wo befindet sich das Prachtgewand,
wo wird denn noch überzogen,
durch die Architekten, durch die Macht?

Denn im Spielraum der Epochen,
hat so mancher Mensch sich schon gebeugt;
wo die Zimmer locken,
bleiben Boden, Raum und Decken stumme Zeugen!

Wie viel Breite in der Höhe,
wie viel Schräge unterm Dach;
Menschen kennen Phantasie und Weite,
nicht ihr eigenes Seelenfach!

Der Baum

Der Baum ist braun,
der Baum, einige Tage nach dem kalendarischen Winter,
auf der Schwelle zum Frühling;
knorrig, verwachsen, eigenartig;
der Baum erinnert an eine völlig verdreckte Jeanshose,
an eine geistreiche Hexe in einer Märchensendung,
an eine fertig gebratene Bratkartoffel in Alufolie!

Aus der Tiefe meines Herzens (1)

Das Leben ist dem Menschen ein Geschenk
und selbst ein Goethe sagte schon:
„Sein oder Nichtsein, das ist hier die Frage!"
So ist der eine vielleicht mehr als reich, der andere, der ist bettelarm,
der eine hat genügend Geld, der andere hat halt irgendwie zu wenig!
Die einen tun, als wären sie die Größten,
die anderen gehen aufrecht durch das Leben;
man kann und soll sich auch dem Leben stellen!
Der Mensch an sich kann sogar töten, böse werden,
weinen, Freude schenken und verzeihen,
er sollte dankbar sein für Stunden, Minuten und Sekunden;
das Tun und Handeln hin zum Ziel, die Schritte in seinem Leben,
sind nicht auf einen anderen Menschen übertragbar,
dann gibt es einen Strauß für jeden!
In jedem ist das Gegenteil enthalten,
gut und böse, laut und leise, Tag und Nacht, Ebbe und Flut,
es ließe sich noch weiter gehen,
und ist doch alles miteinander recht verbunden,
ist das nicht eine Spur, ist das nicht eine wunderbare Chance!
Im Glücklichsein liegt auch die Hoffnungslosigkeit und umgekehrt,
darum nehmt das Leben, wie es ist und wie es sich ergibt!
Man muss nicht wollen, man braucht nicht sollen,
man kann sich immer nur selbst gehören;
es gibt wohl Schmerzen hier im Leben,
denn Leiden ist auch irgendwie Gewinn;
der Mensch bleibt davon selten einmal wirklich ganz verschont,
die Schmerzen und die Falten, die es zeigen;
darum nimm sie dankbar hin, sei stolz auf diese Weiten!
Doch zeigen dir auch andere Dinge,
das Lachen eines Menschen, die Hand, die Hilfe bietet,
ein Danke und ein liebes Wort!
Es gibt noch mehr von diesen Inseln,
das Atmen ist auch Leben, ist geben und ist nehmen,
Zeit dem anderen schenken und ihn fragen,
wie geht es dir heute,
so einfach nur von Herz zu Herz!

Aus der Tiefe meines Herzens (2)

Das, was wir suchen, das gibt es nicht in einer Welt aus Lärm und Hektik,
wer hier sucht, sucht vergebens;
das, was ich meine, ist in der Seele und im Herzen, das möchte sich so gerne zeigen,
der Mensch, er neigt dazu, dies kann man doch verstehen!
Es braucht dazu kein Geld, keine Macht und keine Anerkennung,
an seine Grenzen gehen können ohne Nennung;
hier findet mancher seine Kraft und auch den Mut zum Leben;
und es ist weder greifbar noch fassbar, ist auch in jedem Herzen,
hier brennt doch immer eine Kerze;
es ist in Baum, in Blume und in Lebewesen, in Sonne, Wind und Wasser,
dem kann sich keiner recht entziehen;
den Weg, den darf man auch noch gehen!
Das Ganze klingt mir recht poetisch, ein wenig lieblich,
und wenn die Zeilen tief berühren, der kann den Sekt auch öffnen!
Dem Menschen, ihm steht so gut Gefühl für Sinnlichkeit und Ehrlichkeit,
denn schöpfen können aus den Tiefen seiner selbst
macht das Leben reich, ein Stückchen mehr vollkommen;
es ist ein Reich, das niemals endet,
das glaube ich, kann selbst der Tod gar nicht beenden!
Gefühl für Körper, Geist und Seele
ist doch wunderschön;
sich mit den tiefsten Tiefen einem Menschen schenken,
was braucht der Mensch da noch zu denken oder lenken!
Ich bin zurzeit von was ergriffen,
das, glaube ich, ist nicht verkehrt;
ich möchte nur noch dichten, verdichten zu Wesentlichem im Gedicht,
ich möchte gar nicht mehr bereuen, nur selber sein, ganz einfach so!
Ich bin von irgendwas ergriffen,
tief in mir ist etwas am Fühlen und am Spüren,
irgendwo im Herzen einfach nur zufrieden und auch glücklich sein;
zu diesen Zeilen fähig, ist doch wunderbar!
Darum hab ich auch den Verdacht,
auf dieser Welt ist selbst für mich alles möglich,
ob es so eintritt, steht auf einem anderen Blatt!

Das Haar

Das Haar,
das Haar ist blond,
das Haar, es ist wie ein Tag in den Morgenstunden
der aufgehenden Sonne;
leicht, feinfühlig, geschmeidig;
das Haar erinnert an die Unschuld vom Lande,
an eine Erscheinung ohne Ende
und einen Traum und eine Wirklichkeit!

Stimmt doch!

Viele Menschen leben dem eigenen Ich was vor,
gespeist durch die Gesellschaft;
lügen sich an und lassen sich selbst alleine,
suchen nach Macht
und fallen in einen abgrundtiefen Schacht;
lenken dabei ab vom Wesentlichen,
von sich und den Gefühlen;
finden keinen lieblichen Kontakt
zum Leben,
zum eigenen Selbst!

Das Widder-Gedicht (1)

Der Widder und sein Wissen,
ein immer selbst gemachtes Kissen;
manchmal ruht er sich auch mal aus,
das Schicksal wirft ihn aber immer wieder raus;
denn auch bei ihm heißt es erfahren,
das Positive sich bewahren!
Im Grunde ist er gar nicht böse,
er hat in sich den Widerspruch;
Persönlichkeit, vielleicht nur auf den Punkt gebracht!
Es kommt nicht auf die Sonne oder Wolken an,
sondern, wie bei jedem anderen Menschen auch,
auf das Tun, Bewusstsein und die Achtsamkeit,
denn manchmal will sein Bauchgefühl
aus reiner Intuition!
Und ist bei einer Frau dann was am Kribbeln,
dann wird er es versuchen, dort zu landen,
und ist es für ihn auch nicht leicht,
das Maß zu finden, ohne sich zu binden!
Denn wir im Sternzeichen Widder
sind heißer als Verwandte, Freunde und Bekannte,
wir brauchen nur die Energie
in die richtige Bahn zu lenken,
bis hin zu dem gewissen Extra!

Das Widder-Gedicht (2)

Wir Widder möchten Ernst genommen werden,
so wollen wir es nun benennen;
für uns gibt es gar nichts, was wir nicht erreichen wollen,
denn in so manchem Widder steckt ein Abenteurer und Eroberer,
ein Sieger und ein Mensch wie du und ich!
Wir Widder wollen leben, immer wieder leben,
selbst nach den Erdbeben!
Persönlichkeit und Rückgrat, so mancher Widder
hat sehr viel davon!
Sind Widder deshalb leicht zu durchschauen,
weil sie es gar nicht können, das Mauern oder Lauern?
Widder können sein wie Feuer und Eis,
ein Liebesextrakt;
dies ist in einem Widder klar vorhanden,
dies sind so meine Ecken und auch Kanten;
doch sind so manche Widder liebenswerte Menschen,
ich möchte es auf diesem Wege sagen!

Besonderheiten

Allein schon, wie du deine Hände um mich legst,
wie du meinen Namen nennst;
besonders, wie du dich zu mir bewegst,
wie du meine Sehnsucht kennst!

Allein schon, weil du mehr als meine Sonne bist,
wie dein Blick mich streicheln tut;
vor allem, weil der Wahnsinn mit dir stimmt,
weil du mir viel Mut und Glauben schenkst!

Allein schon, weil die Zeiten unsrer Liebe Bilder voller Rosen malen,
weil wir füreinander keine Worte suchen;
noch dazu gibt keine mir den Himmel so wie du,
weil wir uns ganz zwanglos buchen!

Allein schon, wie du mein Gesicht berührst,
wie du deine Küsse gibst;
besonders, weil mich keine so verführt wie du,
weil du die Gedanken in mir liest!

Allein schon, weil du so bist, wie du bist,
darum liebe ich an sich,
ganz alleine und ganz besonders immer wieder dich!

Warten

Im Supermarkt, der um die Ecke liegt,
an der Ampel, die den Verkehr regelt;
vor der gebuchten Reise,
wenn unverhofft die Ehrung segelt!

Auch auf die allerbesten Zeiten
und auf sechs Richtige im Lotto;
in der Kabine, um sich umzukleiden,
auf einem Kinderspielplatz ohne Rutsche!

Auf das Paket oder den Brief
und auf das große Glück;
bis dann der Ehegatte schlief,
vom Vater bis zum Kind!

Vor der Türe, auf dem Amt und im Büro,
auf die Liebe und auf das Gefühl;
auf den Verwalter,
doch das Warten ist mitunter Müll!

Und aus dem Warten wird ein falsches Spiel,
bleiben dabei auch nicht einfach stehen;
doch warum nicht gleich die Karten offenlegen
und dann dem eigenen Ziel entgegengehen?

Das Kleid

Das Kleid ist kurz,
das Kleid, es ist am Morgen des Tages
wie ein Blumenstrauß des Lebens,
gekauft, gewagt und ausgedrückt;
das Kleid erinnert an eine einzige Frage,
an eine Einladung zu ihr nach Hause;
an ein Funken sprühendes Feuerwerk,
an den kleinen, aber feinen Unterschied!

Gefühl ohne Liebe

Völlig lautlos in dunkelster Nacht
verstummt der Schrei mit geschlossenen Lippen,
die Seele treibt auch noch uferlos umher,
ohne Raum und ohne Zeit!

Dabei klingt ein unendlicher Schmerz in mir nach,
bei Blicken, die nicht zum ersten Mal bersten;
als Maschine zu funktionieren, so wurde er ausgenommen,
im Schauspiel mit den Titel:
„Maul halten, funktionieren, Ja und Amen sagen!"

Worte durchzogen die Poesie mit Härte,
auf Donnerschlagbasis wurde der Alltag geformt;
wirklich wichtige Werte hatten keine Chance,
bei Gefühlen, die von der Gesellschaft genormt wurden!

Unterm Strich glich alles einem Wahnsinn,
einem Wort, ohne auf dem Begriff zu bestehen;
im Hochglanzprospekt und weiterhin der materielle Gewinn,
bis hin zum Kreuz, dem keiner entgeht!

Doch bleibt es auch so,
der Mensch hat es jeden Tag selbst in der Hand!

Gesellschaft von heute

Die Menschlichkeit gleicht heute Telefonmasten
im eisigen Wind;
dazu surren stumme Herzschläge
wie auf der Intensivstation;
doch was wichtig wäre,
in sich selber hineinhören;
ist weit, weiter, am weitesten weg!

Deshalb bleiben oft oberflächliche Gespräche übrig,
wie an der Schnur gezogen;
mit weggeworfenen Augenblicken,
kurz, lang, kurz;
denn wichtige und sinnliche Momente
werden lässig aufgetischt
in Ebenen,
die von wenig Tiefe zeugen!

„Tour de jung" oder Himmel noch mal"

Langsam kommt er herauf
und die Türe geht schneller, als er dann denkt -
auf,
bei fragenden Blicken,
im Himmel noch mal;
und er gibt sich entwaffnet
und sie ist zu allem bereit;
man geht auf sich ein;
im Himmel noch mal!

Einige Zeit später fängt die Dame gleich an,
kommt auf den Punkt,
im Himmel noch mal;
der Sonnenstrahl kribbelt,
die Blicke verraten;
passiert ist eigentlich nicht viel -
der Chef sieht es anders,
auf dem Weg zum Himmel noch mal!

Doch woher kam nur der Tipp,
wo nur war der Zucker zu viel,
im Himmel noch mal;
dann erfüllt Schweigen den Raum,
der Chef klagt beide an und hat das letzte Wort
und wünscht nur noch:
„angenehmen Flug",
im Himmel noch mal!

Stellt sich nur die Frage,
was bleibt
vom Himmel noch mal!

Die Mücke

Es war mal eine Mücke,
die flog zu einer dunklen Decke;
da sah das Tier jedoch, oh welche Güte,
doch war es keine Blüte,
von einer Frau die feuerrote Lippe!

Zudem war jenes Tier sehr müde,
war da der offene Mund die letzte Rettung;
doch als das Tier sich dorthin setzte,
ging irgendwie der Deckel zu!

Es kam dann, wie es kommen musste,
das Fliegentier gelangte ohne Eile
in Evas Speiseröhre;
und irgendwann kam diese Mücke
im Magen an,
oh Gott!

Und Eva, nackt und schön,
stieß es dann sauer auf;
bis sie für sich nun dachte,
oh Graus, schon wieder eine kleine Mücke!

Die Begegnung

Ein Mann von einem Mann ging ganz bewusst wohin,
zum Ort, dort, wo die Schönste aller Schönen war;
wo jedes Wort zu Rosen wird,
wo er sie liebte und wo er sie empfand!

Er liebte sie genau dorthin,
wo wilde Orchideen keine Antwort sind;
wo man die Farben dieser Welt neu malt,
bei Blicken voller Sehnsucht und bei ihrem roten Mund!

Im Hafen ihrer Liebe schufen sie sich neues Land,
die Grenzen wurden ausradiert;
sie liebten bis zum letzten Atemzug,
was blieb, war der Moment!

Dann ebbte alles langsam ab
und vorerst kamen sie auch ganz zur Ruhe;
was blieb, war ihre Pause,
beim zweiten Mal
sah es der Produzent
und hüllte sich in Schweigen!

Möglichkeiten des Augenblicks
sind Grundsätze des Lebens!

Art von Gedichten (Heikos)

Das Schicksal ändern
werden wir durch das Leben nicht,
vielleicht aber den Sinn!

Die Frage verändern
werden wir durch das Weglaufen nicht,
vielleicht aber die Einladung des Lebens!

Nicht Fehler vermeiden
werden wir auf dem Weg des Lebens,
vielleicht aber die Bequemlichkeit!

Nicht Worte verändern
werden wir durch das Benennen,
vielleicht aber das, was bleibt!

Die Wahrheit betrügen
werden wir durch die Lüge nicht,
vielleicht aber unser Gewissen!

Der Weg liegt in uns!

Mensch sein

Das Leben stellt keine Fragen
und wirkliche Grenzen gibt es hier nicht;
das Leben ist möglich an allen Lebenstagen,
Leben heißt sich selbst zu kredenzen!

Das Leben ist frei wie der Wind,
wo liegt die Blumenwiese?
Das Leben ist in uns ein Kind,
Leben nicht nur in Raum und in Zeit!

Das Leben ist Wahnsinn, ist Ziel,
heißt Recht und Pflicht für alle;
das Leben, du entscheidest, wie viel,
am Tage, am letzten Gericht!

Wesentlich

Wesentlich für mich sind nicht die Mühen und Plagen des Lebens,
besonders wertvoll sind meine Gefühle zu dir;
wesentlich für mich sind nicht die Höhen und Tiefen des Tages,
besonders sind die Augenblicke voll Sinnlichkeit und Zärtlichkeit mit dir;
wesentlich für mich ist nicht irgendein betörender Blumenduft,
unbezahlbar ist einzig und allein meine Liebe zu dir!

Wesentlich und besonders ist so vieles,
aber vor allem nicht mit allem Gold der Welt aufzuwiegen;
das Glück, dass es dich gibt,
und die Wirklichkeit, die die Sehnsucht küsst;
dass ich dir in einer lauen Sommernacht begegnet bin und sich alles fügte;
dort, wo die Seele und das Herz eine andere Sprache sprechen
und das Licht des Lebens uns trägt!

„Vergänglichkeit"
ist Fluch und Segen zugleich!

Der winterliche See

Das Gewässer in sehr großer Höhe,
im Schatten der Berge
ist scheu wie ein zierliches Reh
und sagt kein einziges Wort!

Dabei streichelt die eisige Luft
und verlegt die geschlossene Schneedecke;
in Raum und in Zeit,
mit Poesie und funkelndem Licht!

Und das Bild der Ruhe streift vielleicht die eigene Maske
und selbst der Wind, der sagt, was er will;
denn die Vergänglichkeit legt ihre Spur
und entrückt die Welt unten im Tal!

Ein Hauch von Festsaal der Alpen,
ist hier in unsichtbaren silbernen Ketten gefangen;
hier macht die Natur ihre eigenen Gesetze,
hier oben im Königreich des Schnees!

Und so bleibt dieser See hoch oben in den Bergen
ein Ort fernab von Hektik und Lärm;
wo der Gletscher noch Gletscher ist
und Menschen dem Ort mit Ehrfurcht begegnen,
eben ein Ort der Besinnung;
der winterliche See!

Digital total

Wie ein kleines Fieber
lag der Grund zugrunde
und das Fernsehen wird zur Auszeit der Gedanken;
vielleicht nimmt nun das Gerät,
vielleicht schiebt nun das Gerät,
bei dem Termin aus Zeit mal die Sekunden
auf der Funkausstellung in Berlin!

Was dann folgt,
sind Fakten, Zahlen und sind Preise;
doch sollte man sich fragen
oder erklärt mir einer
den Zwang, das Müssen nach dem Feierabend,
auf Kosten von Gefühl und Menschlichkeit!

Denn beim Konsumieren
ohne Rücksicht auf den Körper, Geist und Seele,
beim
„In-die-Ferne-Sehen"
bleibt die Frage für so manche Paare:
„Denkst du denn eigentlich an mich, ich liebe dich?"

Wie schön

Es singt
und klingt,
es klopft
und dringt;
es wärmt
und kommt,
die unauslöschliche
leidenschaftliche
tiefsinnige
ehrliche
Liebe
bei mir an!

Buchstabenlauf

Worte formen die Gedanken,
selbst die Phantasie schlägt aus;
Dornen werden über Heckenrosen ranken,
aber niemand will heraus!

Fäden ziehen ihre eigenen Bahnen,
alles ist und bleibt Geschick;
auch das Wort lässt Werte ahnen,
doch das Fenster gibt den Blick nicht wirklich frei!

Aber da die Striche irgendwie auch Bilder zeigen,
greift der Traum auch schon voraus;
gnadenlos entziehen Geigen,
Silben spielen zwischen Zeilen Katz und Maus!

Denn ein Staunen treibt die Seele des Gedichts
und sogar der Geist umarmt die Zeit;
denn am Scheitelpunkt, da malt die Tiefe, die der Text ausdrückt,
eine neue Regenbogenwelt!

Dabei wächst das Gras so lautlos
und Gedanken, die geraten außer Rand und Band;
denn die Zeilen, die sich mit Gefühlen sanft ernähren,
fliegen zwischen Raum und Zeit!

Denn am Ende bleibt der Zauber,
der dem Anfang eine Plattform gibt;
doch die Botschaft ist der rote Faden,
eine leise Botschaft, irgendwie nicht fassbar,
still und leise und doch irgendwie so nah!

Die Geschichte einer Feder

Es war mal eine Feder
an einer Ente, die das Zeitliche gesegnet hatte
und nach dem Tod des Tieres wurde alles vorbereitet
für Speise und für Trank im Hier und Jetzt!

Und so geschah es in der Morgenröte,
dass jener Jüngling nicht umhinkam,
die Arbeit an dieser toten Ente zu beginnen;
doch wie aus heiterem Himmel traf ihn dann das Bildnis seiner Gattin,
so unverwechselbar und zärtlich, so traumhaft schön!

Sogleich entglitt ihm eine von den vielen Federn
und flog von der Anhöhe ins Gartengras hinab;
dort lag ein Müßiggänger,
man nannte ihn auch „Seelenfänger"!

Der hing gerade an den Silben,
ihm fehlte nicht mehr viel zum Freudenschrei;
nur noch ein Schreibgerät,
was dann Sekunden später blieb,
war sein Geschick im Unglück!

Da sah er diese Feder und konnte es kaum fassen,
er war ganz hin und weg;
und neben ihm, da war ein bisschen Tinte,
zudem ein Blatt Papier!

Da dachte er für sich:
„Wie schön,
jetzt sind die Sätze nicht verloren
und ein Gedicht ist neu geboren!"

Seelenwanderung

SOS – wer schüttelt da die Krisen,
EDV – ja, muss man dort auch Blumen gießen?
EMI – ein Ton verkauft sich dort vielleicht noch mehr;
LVA – so mancher sucht hier trotzdem sehr;
EKU – warum nicht damit Großes stillen?
NASA – die brauchen dort nicht neuen Sand;
WAF – dies ist kein unbekanntes Land;
AOK – die Sicherung für unsere Krankheit;
NDR – die Anstalt für die Fernsehzeit;
DPA – die Pressestelle der Regierung;
ESSO – ist für den Wein wohl keine Segnung;
RSA – liegt ganz weit weg;
UPS – wer schleicht denn da ums Eck?
NATO – ist streng vertraulich;
GAT – einen Gruß an Theobald!

Filmfestspiele

Die eigentlichen Veranstalter
auf den internationalen Mittelmeer-Filmtagen in Venedig
finden die richtigen Worte auf dem roten Teppich,
eben dort,
wo alles ausgesucht ist,
ausgesucht ist und strahlt unter Europas südlicher Sonne;
denn durch die Gunst der Stunde
sitzen die Macher in der ersten Reihe,
in den Kinos der Träume,
die dann statt der Tradition
ein Festival zum Film erschaffen!

Die Sonne

Die Sandra und die Sabrina
sind wie die Sonne;
Saas-Fee und Sankt Moritz
genießen Höhensonne;
Seerose und Schneeglöckchen,
die mögen auch die Sonne;
in so mancher Stunde und Sekunde
steht hoch die Sonne;
die Schwäbin und die Schwedin,
die liegen oben ohne in der Sonne;
die Saale und die Seine,
die gehen niemals schlafen wie die Sonne!

Die Luft

Die Lunge und der Duft,
beide stehen voll auf Luft;
die Luke und das Loch,
dahinter gibt es oftmals sehr viel Luft;
die List und der Lenker,
auch über ihnen schwirrt die Luft;
der Lachs und auch der Luchs,
beide brauchen mehr als Luft;
die Lampe und das Licht
erhellen die Luft;
die Liebe und die Lust
bestehen nicht aus Luft;
ein Leuchtturm und ein Luftschloss
entschwinden mit der Luft!

Die Locke

Es war mal eine Locke,
die war so fein wie Seide;
so himmlisch leicht
und frei wie eine Wolke!

Dann wurde sie
nun auf einmal, ja irgendwie
von einem Luftzug vorgetragen
zu Unbekannten hin!

Es war nicht Schillers Locke,
nicht Mozarts Tintenfeder
und auch nicht Goethes Faust,
es war halt gottgewollt.

So flog die Locke dann in eine Tasse
und blieb dort auch noch drin;
der Mensch, der dieses sah,
der dachte sich:
„Das Glöckchen meiner Sinne,
das Löckchen meiner Frau,
wie toll!"

Auf dem Land

Der Wind schleppt sich über blühende Felder,
die Hitze des Tages reicht heute nicht mal für Regen am Himmel;
der Bauer prüft ein letztes Mal den Stand der Dinge,
die Bäuerin nickt wohlwollend dazu!

Das Licht der Stunde gibt den Ähren und Halmen ein goldenes Rot,
am Horizont schmeichelt der Hof
und die untergehende Sonne macht die Landschaft zu einem Bildnis;
wo dann der Abend die bevorstehende Nacht mit Zufriedenheit streichelt,
drängt alles wie die Ruhe vor dem Sturm!

Auf dem Feld beginnt am nächsten Morgen die Arbeit,
die Menschen singen ein fröhliches Lied
und ihr Tun gleicht einem sinnlichen Gebet;
denn die Zeitfenster des Glücks bleiben bei aller Mühe und Plage
manchmal nur Rückzugspunkte der Demut und Hoffnung!

Tage danach ist der Feldweg verlassen,
was getan werden musste, ist getan
und irgendwann deckt der Schnee alles zu;
doch so Gott will, wird man sich wieder damit befassen,
wenn sich der Himmel von Neuem verneigt!

Irgendwann heilen die Narben
und Aufbruchstimmung zieht auf,
damit der Frühling der Farben
durchs Bewahren und Erhalten
das Jahr neu entzückt!

Am Straßenrand

Am Straßenrand sitzt ein Penner mit Hörschutz,
unendlich viele Verkehrsteilnehmer bewegen sich an ihm vorbei;
vielleicht auf der Suche nach Glück
oder schallen dem Penner alle Dinge hart wie Blei?

Am Straßenrand kommt er vielleicht nie bei sich an,
wirkliche Stille und Ruhe gibt es hier nicht;
vielleicht sucht der Mann mit Bart den Schlüssel ins eigene Paradies
oder bestellt er ein Taxi ans Ende der Welt?

Am Straßenrand kann so vieles geschehen,
doch irgendwie streift ein Blick sein Gesicht;
entführt seine Seele und auch noch das Herz,
den Moment und den Augenblick der Zeit!

Doch sie hat kein Auge für ihn
oder erkennt sie ihn einfach nur nicht;
und der Pulsschlag des Alltags
legt wirklich Wichtiges lahm!

Am Straßenrand aber gibt es mehr als nur eine Geschichte,
manches wirkt wie ein stummes Gebet;
man könnte von der Nüchternheit vieler Dinge berichten,
bevor diese verwehen!

Am Straßenrand atmet der Penner Autoabgase,
der Penner mit Hörschutz wird mehr als geduldet;
und irgendwann verzieht er die Nase,
am Straßenrand,
am Ende, am bitteren Schluss!

Der, der man auch ist

Mit Herz und Seele zu sein, der man ist,
hat keine List;
mit Herz und Seele zu sein, der man ist,
hat eine Frist!

Mit Herz und Seele zu sein, der man ist,
macht verletzlich und unendlich wertvoll;
mit Herz und Seele zu sein, der man ist,
verdammt, ist doch auch wahr!

Mit Herz und Seele zu sein, der man ist,
ist der Sonnenstrahl der eigenen Träume;
mit Herz und Seele zu sein, der man ist,
willst du noch warten?

Mit Herz und Seele zu sein, der man ist,
ja, ist das nicht fein;
mit Herz und Seele zu sein, der man ist,
heißt leben,
heißt jetzt und heißt hier,
heißt tun und heißt handeln!

Regen

Regen,
dazu prasselnde Gedanken,
was für ein Schreibsegen;
formlos glänzende Gedanken,
Ruhe ist zugegen
und eine Zeile entsteht!

Heute
gibt es Himmel treibende Träume,
pure Lebensfreude;
mit sinnlich wärmenden Träumen,
das Herz ist ohne Reue
und das Tun liegt bereit!

Momente
bringen eine nicht fassbare und greifbare Poesie,
die Seele spricht zu uns beiden;
irgendwie lockt die wertvoll umschmeichelnde Phantasie,
wir verstehen alles,
wir gehen den Weg;
wir verstehen uns!

Danach

Der Morgen ist völlig wild und unrasiert,
Gesprengtes zieht noch über den Tisch;
die Gedanken angeln einsam und ungeniert,
dazu gibt es noch Perlen mit viel Fisch!

Dabei treibt die Sehnsucht der tausend Nadelstiche
hin zu der Frau mit der unsagbar schönen Blume im Kleid;
am Rande der Zeit hebt sich daraufhin ein Deuten der Handbewegung,
wo der Schmerz die Wunden reißt, inmitten der Zeit!

Das Parfüm war sinnlich und viel,
die Seele zersprang wie durchsichtiges Glas;
eine Stimme sprach von Himmel und Mark,
aber trotzdem schaffte es der Regenbogen der Liebe
nicht bis auf die andere Seite des Glücks!

Doch irgendwas lief schon zuvor schief,
warum nur;
die Leere ist das Einzige, was blieb,
aber wo gingen sie nur hin,
die Fragen der Liebe?

Die Schmerzen graben sich ein,
alles scheint am Vergehen,
sein Herzbild wird wie ein verlängertes Wort,
sodass Stiche mit geschlossenen Augen entstehen!

Sieben Minuten (1)

Es begann mit der Versuchung,
es kam zu der Berührung;
aus Leidenschaft, aus Sinnlichkeit,
zu zarten Banden;
verführt durch Südseelicht,
mit tänzelnden Sonnenstrahlen im Gesicht!

Rote Rosen am Hafenkai,
der Klang der Lippen hieß küssen;
am nicht zu beschreibenden Strand,
wo sich alles vergoldet!

Wo Leib und Seele vernetzt,
wie das Netz einer Spinne;
im Augenblick, verfolgt und gesetzt!

Und so begann ein Stück
als grundlegend unerforschter Sinn,
mit den Sternen des Glücks!

Sieben Minuten (2)

Die Zärtlichkeit ging weiter am Meer,
der Horizont malte ein Dach;
es gab nur eine Ausfahrt,
die Ausfahrt ins Glück;
wo sie sich verloren in den Trieben der Liebe
und sprachen nur noch sehr wenig!

Mit dem Hauch der Ewigkeit,
wie ein Wassertropfen der Zeit;
voller Zärtlichkeit
und sanfter Harfenmusik!!

Und über allem glänzte ein prächtiger Schimmer,
der so schön war wie die Blume der Liebe;
es gab kein Zurück!

Und keiner dachte an sich,
nicht mal eine Minute,
dazu gingen die Blicke zu tief!

Sieben Minuten (3)

Dann sagte er zu ihr:
„Geliebte, mit dir will ich das ganze Leben,
ja, möchtest du vielleicht noch was bereuen?
Ich weiß da eine Melodie,
gemacht für uns;
ich habe dir noch viel zu geben,
dir ganz allein!

Du Feige der Natur,
lass uns doch nicht im Schatten stehen;
du Erde, Feuer, Wasser, Luft, nur du,
die Liebe ist, was zählt!

Du Sünde aus dem Paradies,
schenk mir nun den Moment
und liebe mich ohne Horizont!

Ich hab die Weite und die Tiefsee,
du Weiblichkeit, ich Männlichkeit,
weißt du den Weg ins Meer?

Sieben Minuten (4)

Ich denke nur an dich,
du bist mein schönstes Licht;
gekeltert klar und fein,
ist alles anders, selbst mein Sein;
so freudig wie ein Kind
beim Wellenklang, der niemals endet!"

Dann sagt auch sie:
„Ich bin verrückt nach dir
mit Haut und Haaren;
das Paradies hat einen Namen,
verliebt und wunderschön!

Denn unser Traum der Wirklichkeit
in dieser Bucht der Phantasie,
gemalt als Regenbogenbild,
darf niemals enden,
niemals!"

Und irgendwo singt dann der Chor der glücklichen Herzen,
vom Jetzt und vom Hier;
mit der Weichheit gedämpfter Kerzen,
in sieben Minuten!

Zeitzauber

Das Paradies der Phantasie
holt aus als Vorlauf der Gedanken;
zeigt sich wie eine kleine Galerie,
wo Bilder fragen gehen;
so unbefleckt, so süß,
als wäre man mitten drin im Traum;
dann schiebt die Melancholie gar in den Raum,
die Macht, das Seelenfeuer,
das Glück im schönsten Kleid!

Denn alles ist bereit,
wenn eine Feder wie ein Herzschlag fällt,
sodass man sich die Frage stellt:
Warum gibt es so wenig Staunen auf der Welt?

Ein blauer Himmel

Der Himmel ist azurblau,
der Himmel, ein Tag im Hochsommer, ohne Mondlicht;
schwül, drückend, warm;
der Himmel erinnert an einen Hauptgewinn im Lotto,
an eine Hitparaden-Sendung im Fernsehen,
an eine Erdbeertorte mit Sahne,
an Sommer, Sonne, Strand und mehr!

Mensch oder Statist sein

Den Beinbruch sieht fast jeder,
die Schönheitsoperation ist gelebte Eitelkeit;
doch die Frage lautet:
„Wer lässt heute noch Gefühle zu
und will über den Hilfeschrei seiner Seele sprechen!"

Das Muttermal über den Lippen sieht fast jeder,
die Sonne fühlt jeder;
doch warum sperren wir aus
die Gefühle,
wenn alles in uns weint?

Nackt sein kann jeder
und Stars sind wir alle;
doch wiegt es nicht schwerer,
wenn die Seele verhungert und verdurstet,
das Herz gar vereinsamt!

Streicheleinheiten

Die Zeit küsst sich bei jedem Kuss von dir in die Unendlichkeit,
was bleibt, sind Perlen voller Freude
und Demut, die so verletzlich ist!

Die Sehnsucht stellt mein Bild von dir ins schönste Sonnenlicht,
die Seele in mir fliegt,
durch Liebe, die den Moment verrückt!

Das Glück erreicht die Schmetterlinge einer längst vergessenen Poesie,
wo jeder Wunsch nach dir in mir erregt,
dir meine Sinnlichkeit und Zärtlichkeit gesteht!

Wo alles einen neuen Anstrich überlebt,
wo alles mit und für dich lebt,
im Sonnenschein am Rand der Zeit!

Denn wo die Liebe noch wie eine Blume blüht,
sind Rosen lang nicht mehr so schlimm!

Regenspiele

Die Regentropfen
fallen auf mein Gesicht;
die Nässe
erwischt mich von allen Seiten;
selbst kleine Seen auf der Fahrbahn
fügen sich dann,
als der Himmel alle Schleusen öffnet
und der warme Gewitterregen umspült!

Wo dann selbst die Feuchtigkeit
dampft und kocht,
ist in jeder Pore meines Körpers
Lebensgefühl,
denn die Zunge leckt ihn pur,
den Regen auf der nackten Haut!

So genieße auch mal du
einen Vollwaschgang in der Natur!

Verlegt

Den Schlüssel verlegt,
die Zeit verlegt,
die Liebe verlegt!

Das Gefühl verlegt,
die Chance verlegt,
das Tun und das Handeln verlegt!

Die Seele verlegt,
die Liebe verlegt,
den Traum verlegt!

Das Herz verlegt,
die eigene Identität verlegt,
dazu den Moment verlegt!

Den Gedanken verlegt,
das Jetzt und das Hier verlegt,
die eigene Verantwortung für das eigene Leben verlegt!

Bei so viel Verlegen
kommt ein bisschen Glück für jene Person,
egal woher,
sehr gelegen!

Anfangs

Ich lag die ganze Nacht in deinen Armen;
doch jetzt am Morgen,
sind sie es gewesen;
die Frequenzen der Berührung,
die den Film der Sinnlichkeit wieder zum Laufen bringen!

Deshalb suche ich nach Greifbarem
und hoffe dich zurück;
doch auch der Geruch deiner Weiblichkeit
und die Spitzen auf deiner Unterwäsche neben mir
erinnern an gestern!

Doch ich gebe dich nicht verloren,
denn dafür war
der Traum viel zu schön, ging unter die Haut;
von Anfang an!

Vom letzten Hemd
oder
der tapfere Schneider!

Der Glaube ist am Boden,
Verzweiflung hängt im Augenblick;
das Gestern war einmal;
Existenzgrundlagen sind vielleicht sein Segen,
er hofft aufs eigne Glück!

Denn irgendwie ist er dem Wahnsinn nah,
wie soll das mit ihm alles enden;
es liegt nur ganz allein daran,
das Stechen in den Lenden!

Doch vor dem Abgrund taucht das Firmament
den Horizont weinrot und sinnlich fein;
ein Silberstreif küsst seine Ängste weg,
den ersten Schritt macht er dann ganz allein!

Und seine Hoffnung wird zum Glanz am Tage,
auch wenn der Schatten fast den Atem nimmt;
was bleibt, ist dann der zweite und der nächste Schritt,
es wird nicht leicht, doch erreicht!

Denn manchmal braucht der Anfang auch ein Ende,
das wird ihm nun auch klar;
denn jetzt ist er auch frohen Mutes
und Träume werden wahr!

Innere Stimme

Die innere Stimme hat ein jeder,
so leise, still und heimlich
und unbezahlbar;
zudem viel wertvoller als Geld und alles Gold,
dort, wo der Wille sanft gelegt
und jedes Herz sich in Watte legt!

Niemals entstellt sie unsere Sinne
und meint es immer gut mit uns;
sie flüstert wichtige Gefühle,
liebt Traum und Seele
und kennt den Menschen im Geist!

Sie schickt uns Glücksbefehle,
sie zeigt uns unseren Weg;
Momente, die nur uns gehören,
unterm Strich
das Ich das Selbst ausweist!

Das Haus am Fluss

Das Haus am Fluss,
dazu ein verlassener Weg,
mitten im Herbstlaubgestöber!

Die Blicke eines einsamen Mannes,
vor einem wärmenden Herd,
dazu sein Gedankengeflüster!

Momente der Poesie,
dort im verwitterten Haus,
züngelt die Flamme der Kerze!

Momente der Wahrnehmung
kommentiert er mit einem Lächeln;
im Reinen mit sich, so wie er es empfand!

Und so bleiben die Vorfreuden
auf ein besinnliches Fest;
im Haus dort unten am Fluss!

Zu sehr

Zu sehr im Kopf,
ganz sicher ist das jammerschade;
ganz sicher fehlt hier nur die eigentliche Tiefe,
die Liebe, die die Gefühle in sich bergen!

Zu sehr im Denken und im Grübeln
bleibt da das Leben irgendwie nicht liegen;
ist das nicht irgendwie ein bodenloses Fass,
wer kann damit schon siegen?

Zu sehr Intellekt,
vielleicht gibt das ein schiefes Bild;
vielleicht hilft da selbst der Effekt nicht wirklich,
denn Herz und Seele sind kein leerer Raum!

Deshalb
kommt es zum Hilfeschrei,
zum Blick der tausend Fragen,
zu einem Sonnenstrahl in tiefster Nacht!

Und irgendwie lebt er dann doch den Zauber seiner selbst
und gibt dem Herzen einen unverwechselbaren Traum!

Chance dahin

Der Blick sagt eigentlich alles,
die Augen noch viel mehr;
doch dann treibt Banales auseinander,
in Raum und Zeit schwingt ein Ziel!

Die Hand sucht nach Wärme,
die Hitze des Tages transformiert das Gefühl;
doch die Angst nimmt dem Atem die Luft,
selbst das Glück nimmt irgendwie einen anderen Weg!

Die Sonne geht schlafen,
der Schatten umarmt jede Nacht;
die Flamme geht aus,
die Glut aber lodert noch lange weiter!

Die Einmaligkeit des Moments mauert die Träume,
die Lippen wissen nicht von dem Küssen;
der Schritt geht nach hinten los;
selbst die Hoffnung stirbt irgendwann und geht unter!

Denn das Muster der Leere hat ihn wieder
und erneut gab er sein Herz nicht frei;
er sieht wieder mal nur die eigenen Bäume
und fährt an der Ausfahrt vorbei!

Das Schloss

Das Schloss ist schwarz,
das Schloss, eine Minute vor Mitternacht,
mit dem Hauch des Schreckens;
alt, düster, baufällig,
das Schloss erinnert an ein nacktes Skelett zum Umarmen,
an eine bösartige und hinterlistige Schlange,
an eine zum Gruseln abgesetzte Fernsehsendung!

Der Fleck

Der Fleck
im großen Rechteck
ist nun mal da,
ist klar und deutlich an sich
und unumgänglich;
sodass dieser Fleck
insgeheim hofft:
„Vielleicht bleib ich ja unentdeckt,
als leidiges Gedeck
ganz ohne Zweck!"

Doch nur einer fragt nach dem Sinn
und schaut dann ganz genau hin!

Und so wird er entdeckt,
der Fleck und dessen Lage;
so stellt sich die Frage:
Wer ist schuld daran,
am einzigen Fleck
im großen Rechteck!

Das Wort

Das Wort, das aus der Reihe fällt
und an dem seidenen Faden hängt;
das Wort, das jeden Sinn entstellt
und sich in Zwischenräume drängt!

Das Wort, das auch den freien Fall genießt
und mit den Sternen jede Hoffnung sucht;
das Wort, das nicht mal seine eignen Silben liest
und irgendwie die Sehnsucht bucht!

Das Wort, das seinen Platz sich bahnt
und sich doch niemals gleicht;
das Wort, das keine Anerkennung ahnt
und selbst im größten Sturm nicht weicht!

Das Wort, das den Gedanken kennt
und noch wie eine Truhe voller Perlen klingt;
das Wort, das vielmehr stolpert als es rennt
und manche Frage anders bringt!

Das Wort, das aus dem Wort entsteht,
wo das Geheimnis ein Geheimnis treibt,
ein Wort, das nicht vergeht
und manches bis zum Ende reibt!

Von Wegen

Wie viele Wege sind in Tag und Nacht,
wie viele Wege liegen in der Zeit;
wie viele Wege liegen brach,
der Weg als Ziel!

Der Weg ist nicht die Nadel tief im Heu
und nicht der Weg als kerzengerader Strich;
doch kann man aufrecht gehen,
mit Herz und Seele und dem eigenen Ich,
das bringt uns Stück für Stück voran;
so kämpfe auch einmal
fürs eigene Glück!

Denn Freiheit ist sehr oft nur relativ,
der Augenblick und der Moment;
die Achtsamkeit nicht nur im Allgemeinen
ist das, was wirklich zählt!

Und so denk ich für mich,
denn die, die ihre eigenen Wege gehen,
sind irgendwie doch kleine Künstler,
irgendwie;
wer hat den Mut, es ihnen gleich zu tun!

Leiden

Gedanken im Licht
lassen uns fliegen,
streicheln die Seele
und wollen doch nur
eine andere Schale mit Sinn
von uns fernhalten!

Doch solange man
auch zu *leiden vermag*,
hat der Traum einen Sinn,
hat das Leben eine Art Bestimmung gewonnen,
mit der es vielleicht gelingt,
mit Herz und Verstand,
mit Tun und mit Handeln,
im Jetzt und im Hier,
den inneren Frieden und das eigene Glück
in den Höhen und Tiefen des Lebens zu finden!

Ehegalopp

Was braucht die Liebe für ein ganzes Leben,
gibt es den Mythos auf Bestellung;
gibt es jetzt und hier das ganze Glück,
die Zeit im Alltag, wenn die Liebe einen Hafen braucht?

Kann ein Amt den Menschen je verstehen,
wann ist denn hier der Status sonnenklar?

Manche stehen, viele schweigen irgendwo im Leben,
und nur zwei, die mit den Augen reden,
bis sie ihn fürs Foto lieblich küsst
und die Sehnsucht einen neuen Namen nennt!

Denn der Pfarrer ist ja guter Dinge
und er hofft und glaubt für sich;
beide werden sich wohl lieben,
wo der Zweck nicht nur die Mittel heiligt!

Denn so kann nicht mal Goethe, nicht mal Schiller
sicher sagen,
was bleibt an Gewöhnung,
wie oft gibt es in der Woche Sektgefühl!

Das Leben ist nicht gerecht und gut,
das Leben ist einmalig!

Liebe und Tod

Liebe
ist himmlisch und so süß,
ist wie die Sahne für den Alltag;
legt sich schmeichelnd um das Herz,
bleibt so ewig wie der Frühling
und ist nicht kurierbar;
gibt sich heiß und immer wieder verzehrend
und bedeutet jetzt und hier!

-

Tod,
ist so dunkel und so schwarz,
schmeckt wie eine Haferschleimsuppe,
ist der Feind der Hoffnung
und die Chance für den Neuanfang;
ist auch irgendwo Verlust
und kann Jahre dauern;
doch er bedeutet immer Anfang und auch Ende
und gibt dem Leben Sinn!

Einfach nur du

Du,
das Wort hängt mir an den Lippen;
du,
das Wort streichelt mich!

Du
raubst mir noch den letzten Verstand;
du
bedeutest für mich eine ganze Ewigkeit!

Du
bist die, von der ich träume;
du
hast mir die Seele aus den Angeln gehoben!

Du,
frag einfach dein Herz;
du,
nur du gibst meinem Leben einen Sinn!

Du,
ich brauche dich so wie die Blume das Licht;
wie die Pflanze das Wasser,
einfach nur du!

Ein Stück Wahrheit

Die Kunst der Echtheit besteht heutzutage auch darin,
in der täglichen Reizüberflutung
und den täglichen Manipulationsversuchen der Gesellschaft
das eigene Ich
und das andere Du
mit dem Göttlichen zu verbinden
oder sich die Frage zu stellen:
„Was will ich, was brauche ich
und wie kann ich dies erreichen?"

Verschieden

Es gibt oben und unten,
mal ist man dran und dann wieder vorbei;
das Jahrhundert hat unendlich viele Stunden,
doch das Ziel sollte nicht verloren gehen!

Es gibt Menschen und Tiere,
das Wasser erfrischt und die Luft braucht der Mensch;
die Leere der Papiere ist gewollt,
das Vakuum hat keinen eigenen Duft!

Wichtig sind Körper, Geist und Seele,
die Sonne wärmt und mancher hört das Gras wachsen;
die einen sind standfest, die andern wandern und wandern,
für manche gibt es keine Sorge, für manche gibt es nur den Spaß!

Der Bungalow ist mehr wert als das Verlies
und irgendwie geht es von ganz allein weiter;
denn eines ist gewiss:
Der Mensch macht sich seine eigenen Kleider!

Und so sind Gegensätze
doch immer auch Lebensgrundsätze!

Gedanken des Tages

Es ist schwieriger,
mit dem Glück verantwortungsvoll umzugehen,
als einfach nur Glück zu haben!

Glück ist das,
was gerade im Moment fehlt!

So manches Glück
liegt in der Tücke des Augenblicks!

Festeinkauf

Ziellos geht es durch die Stadt,
schließlich sucht man irgendwas,
einfach nur, um mitzuschwimmen;
ist dabei der Filter für die tausend Schadpartikel in der Luft
und der Kunde für die Schnäppchen ohnegleichen!

Trotz der Hektik und des Lärms von allen Seiten
kaufen Menschen voller Einkaufseligkeiten,
schließlich ist man dann auch wer;
durch Verführung, durch Reklame ohne Ende
und durch einen unsichtbaren, unfassbaren Zwang!

Lauern Sonderangebote, die sich überbieten,
wo die Namen astronomisch klingen
und das Geld dann keine Rolle spielt;
bis es kommt, wie es nur kommen kann,
materiell fühlt man sich ziemlich reich!

Große Leuchtreklamen über allen,
bis zum Stau im Einkaufsland
und den Straßen, die sich oftmals gleichen;
doch es bleiben leise Wünsche ohne Ziel und Zeichen;
selbst das Internet geht mit der Zeit!

Und so geht es weiter, immer weiter,
man schwimmt mit und nichts geschieht;
alle, ja fast alle machen mit und keiner, ja fast keiner
hat den Mut und sagt mal wirklich Stopp!

Das Abendrot

Das Abendrot gibt unserem Traum die Hand,
ein stiller Atemzug verzaubert;
ein tiefer, unverwechselbarer Blick entrückt die Zeit,
die Blume, das Vergissmeinnicht!

Das schönste Wort durchdringt das erste Du,
ein Kuss, der tausend rote Rosen malt;
der Himmel wird auf einmal unbeschreiblich echt und weit,
in uns wird der Moment so willenlos und schwach!

Die Sehnsucht streicht den Regenbogen aus,
das Lächeln stellt das Paradies ins Herz;
die Hand nimmt alle Hürden bis zum Himmelreich der Träume,
sag jetzt nicht Halt!

Am Knotenpunkt zu einer Welt aus Blütenopium,
vor dem Gefühl, das alles andre in den Schatten stellt;
da funkelt mehr als nur das Sternenmeer,
Septemberwein!

Ganz ohne Fragen, die nur stören,
entsteht ein Kuss im Sonnenschein;
bis wir in aller Tiefe und in unzensierter Ehrlichkeit
im Zauber unserer Zärtlichkeit ertrinken!

Alpenglühen

Die Sonne streift die Berge
ins Rötliche der Ewigkeit;
macht ihre Schönheit tausend Träume weit
und schlüpft ins Zauberkleid der Sinne!

Betört die Sehnsucht aller Farben
und selbst das Herz wird frei und reich;
die Seele fliegt ins Glück,
die Poesie wird ohne einen Grund geküsst!

Als würde hier ein Stück vom Paradies entzücken,
als Spiegeltraumgesicht;
denn Bilder leben wieder auf
und eine ganz ganz zarte Zärtlichkeit erwacht!

Die Gipfel glühen dort am Horizont,
Septemberwind;
Natur zeigt ihren ganzen Reiz,
das Göttliche und die Vergänglichkeit!

So bleibt das Alpenglühen an diesem Tag
für alle Zeit verloren;
doch eines bleibt,
die Botschaft, die uns sagt:
Das Glück ist so zerbrechlich wie der Augenblick!

Lebensgefüge

Wie viel Schatten hat das Licht,
wie viel Hoffnung braucht der Mensch;
welcher Traum hat ein Gesicht,
was bedeutet Schicksal,
gibt es die Endstation?

Doch was jede Sekunde in sich birgt,
die kleinen Keime des Lebens,
gibt es für jeden;
frag nur dein Herz,
wo diese sanft und leise zu uns flüstern!

Denn Hindernisse im Allgemeinen
sind keine Stolpersteine vor der Himmelsleiter,
sondern
Aufgaben des Lebens!

Gedanken des Tages

Traumjob,
Traumfrau,
Traumgegend,
das ist doch relativ,
doch nicht gelegentlich;
denn wissen tut nicht einmal der beste Freund oder die Freundin
das eigene Glück;
die und das Herz
kennen es genau!

Bei der Aussage:
„Wieder einen Tag zu Ende gebracht;
da fühle ich mich nicht wohl,
geht es dir ebenso?"

Manchmal sind Menschen wie produzierende Spiegelbilder,
die glauben zu wissen, was gut für einen ist;
doch glaube ich,
das kann nur jeder Einzelne für sich selbst beantworten!

Gedanken des Tages

Wer hat sich schon einmal dorthin verloren,
wo er sich fühlte,
als wären der Ort und die Umgebung fremd;
wo die Angst
dem Licht seine Kraft nahm
und irgendwo und irgendwie dann klar wurde,
es war das eigene Selbst,
vor dem man wegrannte?

Das Leben ist manchmal wie ein Marathonlauf,
wo es nicht immer auf die Schnelligkeit ankommt;
auch nicht aufs Runde,
sondern
auf das scheinbar Einfachste der Welt,
„das Durchhalten und sich immer wieder neu Motivieren!"

Es gibt nichts Richtiges und Verkehrtes,
aber das Gefühl,
das einem immer sagt, was zu tun ist,
in eine Richtung weist,
durch die Persönlichkeit des Menschen!

Das Leben ist wie eine unbekannte Frau,
die geliebt werden will!

Du

So tief wie das Meer,
so stark wie ein Bär;
so geschmeidig wie ein Puma,
so schlau wie ein Fuchs;
das Ei des Kolumbus
und klar wie der Bach;
spiele das Spiel
und sei einfach du!

Wenn das Wörtchen wäre nicht wäre

Wenn das Wörtchen wäre nicht wäre,
bestimmt entdeckte mancher mehr;
wenn das Wörtchen wäre nicht wäre,
ach, das freute manchen sehr!

Da nun einmal hier das Wörtchen wäre steht,
bleibt ja nur die Zeit;
weil das wäre schon einmal mit sehr viel List
sich ein unsichtbares Kleid anzieht!

Und so lauert oftmals dieses Wörtchen wäre, wird dann wahr,
wo dann der Gedanke nagt;
streift dann Seele und das Herz so unerbittlich hart,
bis der Morgen eine neue Wirklichkeit erschließt!

Und so sei das Wörtchen wäre der Ausdruck,
was man wollte, aber irgendwie nicht tat;
denn das Wörtchen wäre zahlt im Leben immer echt,
um den vorbestimmten Weg zu sehen!

Schluss soll sein nun mit den Wörtchen wäre,
höchstens noch ein Blick;
denn das Wörtchen wäre ist doch
immer nur das eigene Geschick!

Im Hafen der Liebe

Sinnliche Träume des Tages
produzieren ins Paradies der Stunde;
selbst die Achtsamkeit der Zeit
stellt die Weichen des Glücks!

Zärtliche Oasen der Augenblicke
graben nach Wärme in der Unendlichkeit;
rote Rosen der Sehnsucht
streuen Momente der Leidenschaft!

Bis ein Bild der Poesie
die Seele mit Tränen versorgt;
denn im Bad der Gefühle wird man zu Strandgut,
selbst in der Mittsommernacht!

Ungesagte Worte des Wissens
verführen die Sünde,
so wie Gott sie schuf,
so wie sie sich geben!

Mal hoffend, mal wagend,
mal flehend, mal singend;
streicheln die Blumenfenster
und küssen wie liebliche Bilder;
sodass die Reise beginnt
und im Hafen der Liebe endet!

Herzenswünsche

Jeder Stern soll dich beglücken,
jeder Wunsch dir nahe sein,
jeder Liebreiz dich entzücken,
jede Hand dir zart und fein!

Jede Freude dir gelingen,
jede Tat den Sinn auch sehen,
jede Gabe Werte bringen,
jeder Schritt nur deinem Ziele entgegengehen!

Jede Güte dich begleiten,
jeder Morgen eine Antwort sein,
jeder Tag dir deine Zeiten,
keine Fragen nach dem dort!

Jede Nacht dir schöne Träume bringen,
jedes Tun, wo nur dein Wille wohnt;
jede Wonne lieblich Lieder singen,
jeder Kampf, dass er sich lohnt!

Lichter

Es gibt Lichter,
es gibt so viele Lichter;
es gibt Gesichter,
es gibt so viele Gesichter;
es gibt den Alltag,
manchmal ist alles ohnegleichen;
Lichter der Hoffnung zeigen und geben aufs Neue,
Menschen bleiben lieber alleine,
warum?

Könnten Blicke ins Herz der Menschen
Räume nicht wertvoller als Geld erhellen?
Einen Versuch ist es wert!

Eislaufen und der Rummelplatz der Reichen

Das Passwort der Schönen
heißt manchmal nur Chic
und nicht immer Charme;
wo Ahnen und Gelder verwöhnen,
lässt dies selbst den Fotografen nicht kalt!

Das Vorzeigbare wird wesentlich,
es fasziniert,
als kostbares, unvermeidliches Geschick;
denn legendär ist
dort die Kunst der Moden,
die Hausadresse!

Denn dort in den Höhen des Engadin
hat man alles, was zählt;
wo es sich zeigt,
denn primär ist
dort das Gleiten auf Kufen,
das Gleiten nach Gesellschaftsnoten!

Gabe und Talent alleine sind zu wenig!

Leben und Schicksal

Angst,
die in jedem Morgen liegt;
ein Sonnenstrahl,
der mit dem Abendrot vergeht;
warum nur, warum nur?

Leid,
das mit Bequemlichkeit entsteht;
das tausend Schmerzen bringt,
als flehendes Gebet,
warum nur, warum nur?

Glück,
das nicht mehr länger warten will;
Träume,
die man beiseite schiebt;
warum nur, warum nur?

Weil doch so mancher Mensch nicht tut und handelt,
sondern hofft!

Die Laterne

Die Laterne,
die Laterne ist wirklich sehr schön,
die Laterne erinnert an meine erste Liebe,
romantisch, sinnlich, einzigartig;
die Laterne erinnert an ein Streichholz, das brennt,
an ein Stück Glück zum Anfassen,
an einen Moment, wo die Romantik nicht rennt!

Das unentdeckte Bild

Es ist gerade Montagmorgen,
der Mensch auf dieser Welt erfüllt nun seine Schuldigkeit;
das Glück wird wieder umgedreht,
was bleibt, ist oftmals nur der Tag
und immer wieder nur der Tag!

Ganz still und leise nimmt dann Ausgesuchtes seinen Lauf
und langsam steigt der Morgendunst,
der dann ein Bild von einer anderen Welt erschafft
und irgendwie die Kunst der Phantasie verführt!

Und selbst das Sonnenlicht streift lieblich in das Tal,
die Sinnlichkeit des Augenblicks verziert nun die Umgebung;
die Wasserperlen tanzen mit der Zeit
als Spiegeltraumgesicht
in ihrem Kleid der Schönheit!

Dabei entsteht nun das Gemälde
und sei es für Momente,
geküsst vom ersten Sonnenstrahl des Tages,
und vieles stimmt sich milde
wie eine schöne Frau der Poesie;
bevor es dann vergeht,
mit der Vergänglichkeit
von Sein und Werden,
an einem Montagmorgen!

Mobile Korruption

Gedanken, die mit kleinen, aber feinen Stacheln träumen
und die Frage dann zur Antwort wird;
Mächte, die den letzten Zweifel räumen,
alles nur mit Folgemitteln, die sich tarnen!

Und die Akten sind dann irgendwie verschwunden,
alles scheint so einfach und so leicht;
der Betrug schlägt weite Kreise
und die Ehrlichkeit stößt man ins Eck!

Berichte, die sich selbst vertuschen,
bis zum Überlaufen ohne Raum und Rahmen;
bis dann irgendwer am Kuschen
auf verbotenen, nicht bestraften Wegen!

Lügen, die ins Bodenlose münden,
und dazu bringt ganz verschlossen eine Hand;
denn wo kein Kläger, da kein Zeuge
und die Gier treibt weiterhin durch Stadt und Land!

Durch Bestechung lebt man mittlerweile leichter,
Geld bringt Macht und stumme Zeugen;
alles wird noch seichter und wird oberflächlich,
das Kriminelle wird zum Alltag!

Und so lebt die Korruption,
jeden Tag und jede Nacht!

Der Schwan

Ein Schwan, so einsam und verlassen,
begibt sich auf die Reise
und schwimmt und schwimmt,
so sinnlich und so leise,
an einem Frühlingsabend der tausend Träume!

Und alles wirkt so leicht und unbeschwert,
wo Licht und Schatten sich die Hände reichen;
wo Würde und der Stolz auftragen!

Dazu ergeben die Ruhe und die Stille
und der Sonnenuntergang des Tages
ein besonderes Licht,
ein Licht, dass jede Dunkelheit erhellt!

Wo die Romantik ihre Sehnsucht stillt,
bleibt nur die Spur vom Paradies;
bis hin zum kleinen Glück, das staunen lässt
und selbst die Poesie des Augenblicks entrückt!

Und als die Sterne und Laternen leuchten,
ist alles abgeräumt und leer;
der Schwan jedoch schwimmt immer noch
in einer Nacht im Frühling;
wo ihre Liebe voller Rosen ist
in allen Farben dieser Welt;
als hätte selbst der Schwan
nichts mehr zu sagen!

Entscheidungen

Entscheidungen können nicht schaden,
Entscheidungen zu treffen
ist manchmal wie den Akku aufladen!

Entscheidungen von Herzen,
Entscheidungen, die die Seele betreffen;
damit ist nicht zu scherzen!

Entscheidungen sind irgendwie immer persönlich,
Entscheidungen betreffen die unmittelbare Umgebung
und sind wie das Verwalten der eigenen Lebenseinstellung!

Entscheidungen sind nicht zu umgehen,
Entscheidungen bieten keinen hundertprozentigen Schutz
und auch keine Entscheidung ist eine Entscheidung!

Entscheidungen brauchen auch mal Reife
oder Entscheidungen innerhalb von Sekunden;
Entscheidungen, ohne Reue und ohne das Gesicht zu verlieren!

Entscheidungen beenden Hängepartien,
Entscheidung sind das Salz in der Suppe;
selbst zu entscheiden, sollte nicht aus der eigenen Hand gegeben werden!

Entscheidungen sagen immer was aus,
Entscheidungen mit Herz, Seele und Verstand;
doch Entscheidungen braucht ein jedes Leben!

Der Mensch, der trifft sie doch tagtäglich,
die Entscheidung zwischen Sein und Nichtsein!

Alles Elfenstaub

Bei dieser Sehnsucht und dieser Leidenschaft
wird jede Liebe zum Gebot;
Gefühle strecken ihre Fühler aus
und wir verschlucken Elfenstaub ganz ohne Not!

Die Ewigkeit wird ein besonderer Hauch,
der Blick, der wird zu Elfenstaub;
und alles geht sich aus in Raum und Zeit,
als Poesie der Menschlichkeit!

Die Türen und die Fenster öffnen sich,
die Blicke brauchen keine Worte;
denn jeder Sonnenstrahl erreicht den letzten Winkel,
weil wir in Elfenstaub gefangen sind!

Und auf der Pore glänzen Sterne
und eine Flut aus Elfenstaub macht Träume wahr;
Wacholder Pflaumen Enzian Schnaps
im neu zu erschaffenden Regenbogenland!

Und immer wieder fliegen unsre Herzen,
wir lachen uns nur an;
wo wir uns neu entdecken,
bis morgen Früh,
im Elfenstaub der Nacht!

Zeitfracht Medien GmbH
Ferdinand-Jühlke-Straße 7
99095 Erfurt, Deutschland
produktsicherheit@kolibri360.de